Ma nouvelle école

Kirsten Hall

Illustrations de Barry Gott

Texte français de Nicole Michaud

Éditions
SCHOLASTIC

Catalogage avant publication de Bibliothèque et Archives Canada

Hall, Kirsten
Ma nouvelle école / Kirsten Hall; illustrations de Barry Gott;
texte français de Nicole Michaud.

(Je veux lire)
Traduction de : My new school.
Pour les 3-6 ans.

ISBN 978-0-545-99890-1

I. Gott, Barry II. Michaud, Nicole III. Titre.
IV. Collection : Je veux lire (Toronto, Ont.)

PZ23.H3385Mab 2007 j813'.54 C2007-903306-7

Édition publiée par les Éditions Scholastic, 604, rue King Ouest, Toronto (Ontario) M5V 1E1.

6 5 4 3 2 Imprimé au Canada 08 09 10 11 12

Note à l'intention des parents et des enseignants

Dès que l'enfant sait reconnaître les 48 mots utilisés pour raconter cette histoire, il peut lire le livre en entier. Ces 48 mots apparaissent tout au long de l'histoire pour que les jeunes lecteurs puissent facilement les retrouver et comprendre leur signification.

à	dix	jours	non
ai	don	jusqu'à	nouvelle
apprends	école	la	où
aussi	écrire	les	sais
beaucoup	écris	lettres	son
bientôt	encore	lire	toi
bon	endroit	lis	ton
ce	envie	livre	tous
compte	fois	ma	toutes
compter	iras	maintenant	tu
de	je	mieux	une
dessine	joue	mon	voici

Voici ma nouvelle école.

Voici l'endroit où je joue.

Voici l'endroit où je dessine.

AR

Je dessine tous les jours!

Voici l'endroit où
je compte.

Je sais compter jusqu'à dix.

Voici l'endroit où je lis.

J'ai envie de lire ce livre
encore une fois!

Voici l'endroit où j'écris.

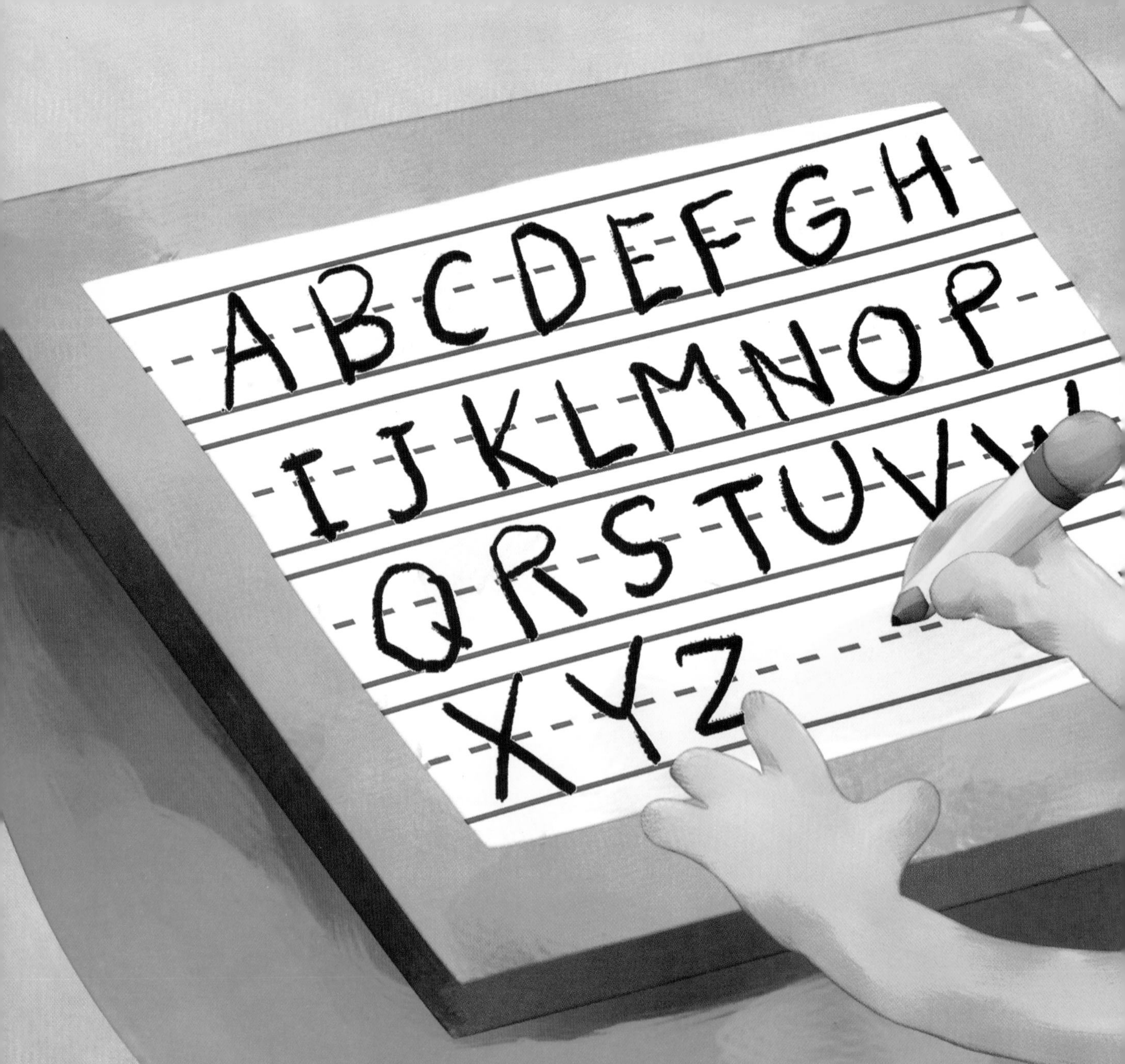

Je sais écrire toutes les lettres.

bon don
mon non
son

J'écris tous les jours.

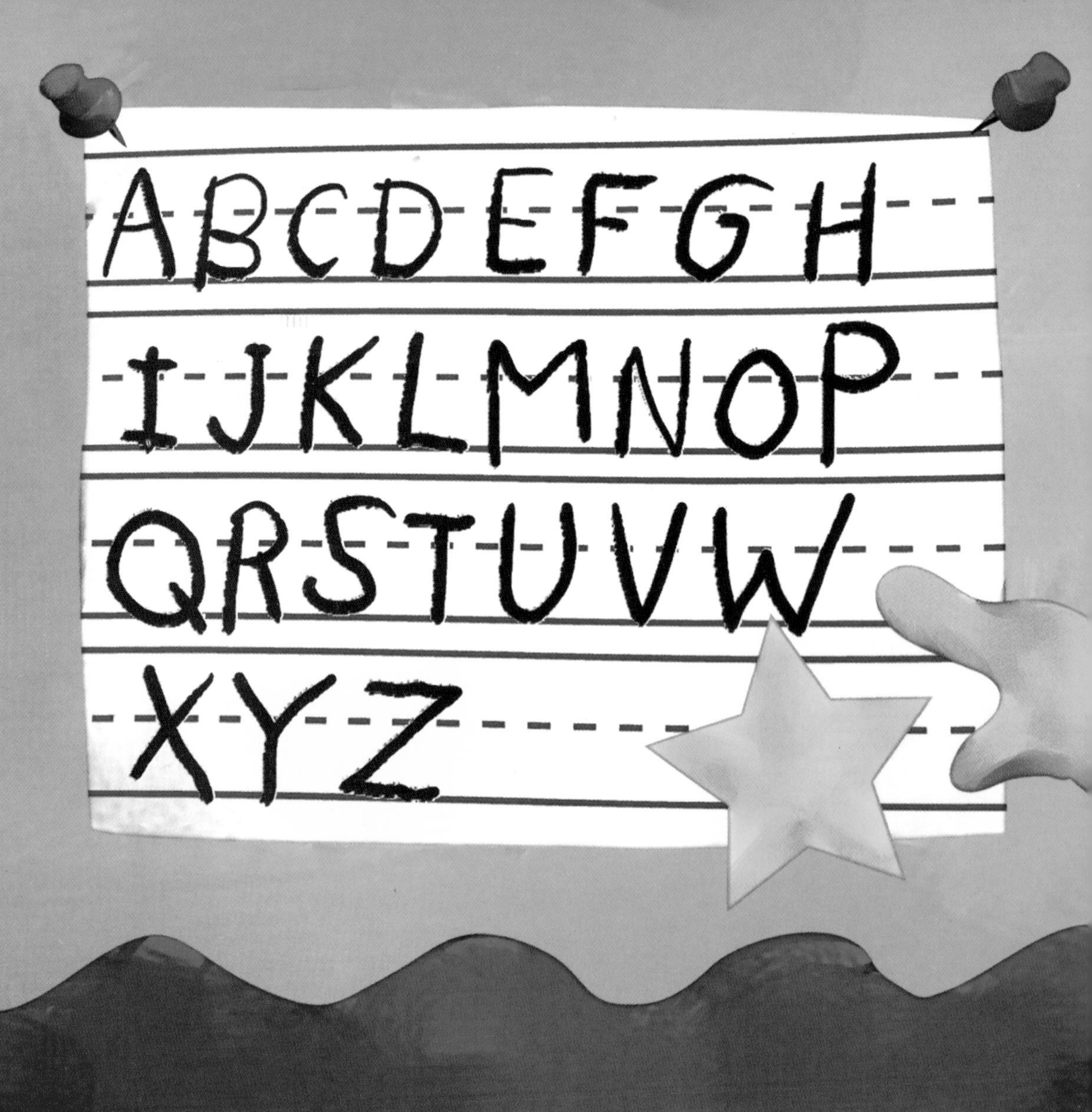

J'écris beaucoup mieux maintenant!

Voici l'endroit où j'apprends.

Bientôt, tu iras
à l'école toi aussi!

Allons-y, papa!

As-tu peur?

Attendez-moi!

Chez grand-maman

Chien et chat

Des monstres

Il faut ranger

Je change la couleur des fleurs

Je choisis un ami

Je sais lire

Je suis le roi

Je suis malade

Je suis une princesse

L'heure du bain

La fée des dents

Le cerf-volant

Le nouveau bébé

Le temps

Ma citrouille

Ma nouvelle école

Ma nouvelle ville

Mes camions

Minou copie tout

Mon gâteau d'anniversaire

Regarde bien

Rémi roulant

Si tu étais mon ami...

Soirée pyjama

Une journée à la ferme

Une mauvaise journée